IMMORALITÉ

DU

SERMENT.

PARIS.

IMPRIMERIE DE LACOUR ET COMPAGNIE,
RUE SAINT-HYACINTHE-SAINT-MICHEL, 33.

1844

IMMORALITÉ

DU SERMENT.

———

Les préceptes de la morale sont les seules règles de la conduite de l'homme : la réalisation de ces préceptes, tel doit être le but de toutes ses actions. Chaque fois que l'homme est sur le point d'agir , qu'il choisisse la voie où il est certain de ne violer aucun de ses devoirs.

Des esprits superficiels nous objecteront sans doute que, dans le cours des choses humaines, des préceptes moraux se trouvent en opposition les uns avec les autres : Ainsi un voleur, un assassin vous attaque; il est armé, il peut vous blesser, vous tuer même. Repousserez-vous la violence dont vous êtes menacé? La morale vous interdit de porter atteinte à la conservation de vos semblables.—Vous laisserez-vous dépouiller, maltraiter? Vous devez veiller à votre propre conservation. En présence de ces préceptes *contradictoires,* quelle détermination prendre ?

A cela nous répondrons que cette contradiction n'est qu'apparente : elle résulte toujours de la violation de l'un des préceptes dont il s'agit. C'est à l'homme à juger de quel côté est la violation, et à la repousser.

Dans ce cas particulier, il y a violation du précepte qui défend de porter atteinte à la conservation d'autrui ; l'homme, contre lequel elle est dirigée, fera tous ses efforts pour en empêcher l'accomplissement : son devoir est de se défendre. (1)

Quelles que soient donc les circonstances dans lesquelles l'homme se trouve, les principes de la morale étant absolus, il ne peut s'en écarter ; or, dans l'état actuel de nos sociétés, il y a lutte

(1) Si le devoir d'un homme attaqué est de se défendre, qu'il prenne garde de l'outrepasser ; si donc il peut désarmer ce voleur ; si d'une force supérieure, il peut le contenir, le mettre dans l'impossibilité de nuire, il ne le frappera ni ne le maltraitra, car la violation du précepte moral une fois arrêtée, son devoir est rempli ; en faisant plus, il s'arrogerait le droit de punir ; nous verrons dans une autre circonstance à qui ce droit appartient.

continuelle entre les intérêts privés et géné-
raux, violation directe ou indirecte, apparente
ou cachée des lois morales : les incidents se
multiplient à chaque pas ; il n'est pas toujours
facile de faire sur-le-champ justice d'apparences
plus ou moins trompeuses, et de découvrir du
premier coup-d'œil l'unique voie du devoir.
Pour suivre cette voie, il faut que l'homme con-
serve toute l'intégrité de son discernement,
qu'il soit affranchi de tout préjugé et que, fort
de la plénitude de sa *liberté*, il modifie ses ac-
tes suivant les circonstances qui les nécessitent,
pour se trouver toujours face à face avec chaque
violation de la morale, prêt à la comprimer.

Nous avons prononcé le mot de LIBERTÉ : nous
ne rappellerons pas toutes les idées fausses que
ce mot a suscitées, toutes les injustices, tous les
crimes que l'homme a commis en son nom. La
seule liberté à laquelle nous ayons droit, c'est
la faculté d'accomplir nos devoirs. (1) Admet-

(1) Remarquons à ce sujet, que tout bonheur, toute
jouissance résulte pour l'homme de l'accomplissement de
ses devoirs ; or en présence des peines et des souffrances
sans nombre qui l'accablent encore aujourd'hui, il faut a-
vouer que la *Révélation* et la *Religion* d'une part, les efforts de la *Philosophie* d'une autre, ont été jusqu'à ce jour

tons qu'on la comprenne ainsi aujourd'hui. C'est pour cette liberté que les hommes ont combattu depuis qu'il y a eu des hommes, que les nations se sont entre-déchirées depuis qu'il y a eu des nations, que les peuples ont renversé tant de gouvernements depuis qu'il y a eu des peuples et des gouvernements ; c'est pour elle enfin que l'homme, après tant de révolutions, se sentirait encore capable de remuer le monde, s'il la croyait sérieusement menacée,—et cependant cette liberté qu'il veut exiger de tout ce qui l'entoure, et aux dépens de tout ce qui l'entoure, au lieu de la chercher d'abord en lui-même, quel usage en fait-il ? chaque jour il l'enchaîne par le *serment*, et, pour s'étourdir sur cette mutilation morale, pour se retirer tout moyen d'ac-

impuissants pour donner à l'homme une juste idée de ses devoirs et le solliciter à les remplir dans toute leur extension; ainsi nous voyons à l'instant même que l'auteur d'un feuilleton de la *Démocratie pacifique*, se plaint de ce que le travail est encore généralement considéré comme une expiation. La Religion aurait-elle été mal interprétée, la Philosophie aurait-elle fait fausse route ? nullement ; si leurs efforts n'ont pas atteint *complètement* le but, c'est qu'ils ont été *incomplets*. Peut-être un jour nous sera-t-il loisible de développer cette idée.

complir ses devoirs, si par hasard ces devoirs viennent à être en opposition avec la ligne de conduite qu'il s'est fatalement tracée, il proclame ce serment: CHOSE SAINTE et INVIOLABLE !

Nul homme n'a le droit de faire subir à son corps aucune mutilation : que penser de celui qui de gaîté de cœur se ferait trancher bras et jambes? Le sens-commun le traiterait d'insensé, la philosophie le déclarerait immoral, pour s'être mis dans l'impossibilité de marcher où ses devoirs l'appellent, et de rendre à ses semblables les services qu'ils sont en droit d'attendre de lui; la religion enfin lui demanderait compte d'un bien qu'il tenait de Dieu et dont lui seul pouvait disposer. Et maintenant que penser d'un homme qui, au lieu de s'imposer une mutilation matérielle, anéantirait sa liberté?.....

Nous faisons ici appel, non pas à cette foule d'avocats *éloquens*, d'orateurs *persuasifs* qui n'ont dans la bouche que des mots sonores et électriques LIBERTÉ, ÉGALITE, HONNEUR, PATRIOTISME, DROITS DE L'HOMME, IMPRESCRIPTIBLE SOUVERAINETÉ NATIONALE, SAINTETÉ DU SERMENT, etc., etc. Mots tout à la fois sans portée et d'une portée illimitée; à l'ombre desquels se sont abritées tant de fausses théories et tant de préjugés! Mais nous faisons appel à toute intelligence calme et réfléchie qui a médité sur le but des actions de l'homme.

N'est-ce pas commettre une action éminemment immorale que faire bon marché de sa liberté et l'enchaîner au point de ne plus avoir le choix de suivre la route INDÉVIABLE et ABSOLUE du devoir, lorsque la voie dans laquelle on s'est engagé s'en écarte? — Et voyez combien le joug de fer des préjugés pèse encore sur la civilisation qui n'est que *l'ensemble des progrès de l'humanité marchant à sa perfection!* Nous venons d'entendre des hommes occupant les points les plus élevés de l'échelle sociale, de grands politiques, des ministres, des législateurs enfin proclamer LA SAINTETÉ DU SERMENT, et cela à la face d'une assemblée d'hommes intelligens et libres, à la face du pays qui s'enorgueillit d'avoir combattu et renversé le plus de préjugés!

Eh bien! non, nul n'a le droit de préter serment, car nul *n'a le droit d'enchaîner sa liberté.* L'homme qui prête serment commet un acte immoral; nous dirons plus : si, les circonstances changeant, la conduite qu'il a juré de tenir se trouve en opposition avec ses devoirs, il commet une seconde immoralité, s'il y persiste : que cet homme donc, surpris un moment, ne se laisse point dominer par les mots pompeux de *sainteté du serment* (révoltant préjugé revêtant un manteau trompeur); mais qu'il relève la tête et qu'il VIOLE ce serment à l'instant même, pour recouvrer la plénitude de sa liberté...— Mais entendons nous bien sur ce mot, on ne saurait trop insister sur sa définition : LIBERTÉ D'ACCOMPLIR SES DEVOIRS.

Certes il suffit d'avoir combattu le serment au point de vue de la morale (seul point de vue où il soit possible de se placer pour juger les actions de l'homme). Mais on peut poursuivre encore son absurdité en l'attaquant dans ses conséquences. Quant à nous, d'autres travaux ne nous laissent pas le temps nécessaire pour nous engager dans la recherche et la discussion approfondie de tous les résultats contradictoires du serment. Assez d'hommes d'une intelligence supérieure ont consacré leurs veilles à des études historiques et philosophiques : riches de faits d'observation, et de méditation, à ceux d'entr'eux qui partageront nos vues appartient la tâche de dresser le tableau des fausses positions, des luttes de toute espèce, des iniquités, des crimes, des révolutions même qu'a enfantés sur la surface du globe le préjugé du serment, soit isolé, soit allié à quelque autre aussi puissant que lui.

Sans entrer dans l'examen de toutes les mo-
djfications qu'il a subies, constatons que, dans
les temps anciens, quand la force brutale l'em-
portait sur des lois incomplètes et mal assises,
le serment jouissait de toute sa vigueur et de
tout son prestige : il servait alors de frein à
cette même force, en l'enchaînant pour un certain temps dans une voie *plus ou moins morale*, déterminée à l'avance. A mesure que la
civilisation marche, on cherche à se soustraire
à cette rigidité de fer : de nos jours la confu-
sion des idées sur le serment est à son comble :
les uns veulent que le serment de fidélité au roi
soit absolu, inviolable ; les autres que ce serment n'engage que vis-à-vis les lois et non vis-
à-vis le chef de l'état. Celui-ci ne se croit lié
qu'à la souveraineté nationale ; celui-là soutient
que le serment prêté au descendant d'une lon-
gue suite de rois doit l'emporter sur la fidélité
promise au chef d'une dynastie nouvelle. Tel d'entr'eux se trouve dans une position si fausse qu'il
dénie à sa conscience le droit de discuter le serment qu'il a une fois prêté : il craint de mesurer
la profondeur de l'abîme et s'y laisse aller en
fermant les yeux.

Chaque jour nous entendons flétrir du nom

de parjures des hommes d'état, pour avoir tour-
à-tour accordé et retiré leur concours à plusieurs
gouvernements successifs et de forme tout oppo-
sée : nous ne les blâmons point de s'être affran-
chis de leurs serments, s'ils l'ont fait au moment
même où ces gouvernements leur paraissaient
ne plus réunir des conditions suffisantes de moralité ; mais nous leur reprochons d'avoir juré
fidélité, quand ils ne pouvaient prévoir si leur
serment ne les mettrait pas un jour en contradiction avec leur devoir.

Et cependant ces hommes, au sein desquels
s'élève ce conflit d'opinions, signalé plus haut,
sont consciencieux et honorables : mais ils se
rencontrent sur un terrain mouvant ; leur marche est indécise, mal assurée ; ils ne se main-
tiennent debout que par la lutte et l'isolement.
—Qu'on détruise le préjugé, le sol s'affermira et
tous ces hommes, libres dans leur allure, mar-
cheront d'un commun accord vers le même
but : la perfection sociale et humanitaire !

Nous avons essayé de prouver qu'il y a acte
immoral de la part de l'homme qui prête serment ; il ne serait pas sans intérêt de recher-
cher jusqu'à quel point il n'y a pas aussi acte
immoral de la part de celui qui l'exige.

Sans demander à l'histoire tous les faits qu'elle peut abondamment nous fournir à l'appui de ce que nous avançons, considérons le but d'un gouvernement qui de nos jours exige le serment de tous les citoyens dont le concours lui est nécessaire. Si ce gouvernement avait une idée bien nette de ses devoirs, si, confiant dans ses forces et ses lumières, il avait la ferme volonté de suivre une marche toute morale, que lui servir d'exiger une fidélité jurée? Il pourrait être assurée du concours de tous les hommes intelligens et libres, tant qu'il se maintiendrait dans la voie du devoir. Mais il ne l'a pas cette ferme volonté de favoriser, de régulariser et de concentrer les efforts tentés isolément par les citoyens dans un but de perfection morale, intellectuelle et matérielle : ne lui arrive-t-il pas souvent de les comprimer et de les étouffer ?

Dans cette prévision, il enchaîne le libre arbitre de tous les hommes qui, par leur position sociale, pourraient le plus efficacement s'opposer à ses empiétements. S'ils essaient de faire résistance, il les condamne à une immobilité fatale aux progrès de la société, avec ces seuls mots : SAINTETÉ DU SERMENT.

Un empiétement en amène un autre ; ils se multiplient outre mesure. C'est alors que le citoyen, *fort de son vrai devoir*, s'inquiète : continuera-t-il à courber la tête sous ce joug inflexible, ou s'opposera-t il à une violation morale de plus en plus flagrante ? — Tout à coup, la lutte éclate ; la force brutale domine, et les pouvoirs législatifs sont dissous ou le gouvernement renversé. — Que devient la sainteté du serment ?

. . . .

— Parlerons-nous du serment qui a pour objet non plus une ligne de conduite à suivre, mais un fait accompli, du serment qu'on substitue, en justice ou en toute autre circonstance importante, à une simple affirmation ? Ceux qui veulent ne tenir compte d'une affirmation qu'autant qu'elle est accompagnée d'une formule et d'un geste sacramentels, allèguent que tous les hommes ne sont pas suffisamment instruits de leurs devoirs et n'ont point une forte volonté de les remplir. Tel homme d'une intelligence bornée, nous objecteront-ils, ne craindra pas d'*affirmer* une fausseté, mais reculera devant la SOLENNITÉ DU SERMENT. — C'est ici que nous vous attendions, hommes éclairés, hommes d'état, magistrats, vous tous enfin qui êtes à la tête de la société. Au lieu de travailler à donner au citoyen une juste idée de sa dignité, à le relever à ses propres yeux, au lieu de chercher à lui inspirer l'amour de la vérité au point de n'affirmer que ce dont il est certain et de ne promettre que ce qu'il sait pouvoir tenir, vous basez la force de son affirmation sur des moyens matériels et même ridicules, et entretenez ainsi chez lui l'erreur et le préjugé que vous devriez détruire. Sur vous retombe la faute de ces gens qui, frustrés de leur part légitime d'instruction, disent avec une parfaite tranquillité de conscience, — lorsqu'on ne leur a pas imposé la solennité du serment : J'AI AFFIRMÉ UNE FAUSSETÉ, MAIS JE NE L'AI PAS JURÉE.

Et ces moyens matériels, que sont-ils ? Des formes qui changent suivant les âges et les peuples : ici, tel geste et telle formule ; là, tel autre geste, telle autre formule. Et vous, magistrats, qui affectez tant de gravité en recevant le serment d'un Français du dix-neuvième siècle, garderiez-vous cet impertuable sérieux, si, transportés tout à coup chez une peuplade incivilisée (aux îles Marquises par exemple), vous étiez témoins d'une prestation de serment et des bizarreries qui peuvent l'accompagner? — Sans sortir de France, nous voyons qu'autrefois on jurait sur l'Évangile; maintenant, on lève la main en prononçant la formule. Et un homme qui n'aurait pas de bras? —

N'insistons pas; le ridicule ne se manifeste que trop.

Assez longtemps, l'accomplissement des devoirs de l'homme a été obscurci et faussé par des moyens matériels, — moyens qui, variant comme le préjugé dont ils sont l'expression, ont enraciné la croyance encore si répandue que les devoirs diffèrent selon les temps et les peuples. On a méconnu le caractère absolu de la morale; on a méconnu que l'homme, quelle que soit l'époque de son passage sur la terre, quelle que soit la tribu, la nation dont il fait partie, a toujours les mêmes obligations à remplir: nourrir et perfectionner son âme, nourrir et perfectionner son intelligence, nourrir et perfectionner son corps, et, en même temps, favoriser la nourriture et le perfectionnement de l'âme, de l'intelligence et du corps de son semblable.

FIN.

parait sur l'Evangile, maintenant, on lève la
main en prononçant la formule. Et un homme
qui n'aurait pas de bras? —

M'insisterez [illegible] que trop.

[illegible]

A cela [illegible] l'incomplète exécution de la
volonté de l'homme a été observé et [illegible] par
[illegible] lorsque [illegible]
comme [illegible] siècle
ont [illegible] cependant
que les [illegible] et ne
peuple. Or, [illegible] de la
moralité, on a [illegible] que l'homme [illegible]
que doit l'époque [illegible] passer [illegible]
[illegible] que soit le [illegible] il est
partie, il importe toujours à [illegible]
[illegible]
[illegible]
prolégomène [illegible]
[illegible]
A l'aide de l'intelligent [illegible]

exclusive.